KB269372

쇠똥구리의 무단 횡단

쇠똥구리의 무단 횡단
장영춘 시집

초판 인쇄 | 2008년 7월 10일
초판 발행 | 2008년 7월 15일

지은이 | 장영춘
펴낸이 | 신현운
펴는곳 | 연인M&B
디자인 | 이희정
기 획 | 여인화
등 록 | 2000년 3월 7일 제2-3037호
주 소 | 143-874 서울특별시 광진구 자양동 (680-25호(2층)
전 화 | (02)455-3987, 3437-5975 팩스 | (02)3437-5975
홈주소 | www.yeoninmb.co.kr
이메일 | yeonin7@hanmail.net

값 7,000원

ISBN 978-89-6253-001-8 03810

＊이 책은 제작비의 일부를 제주문화예술재단의 문예진흥기금에서 지원받았습니다.

쇠똥구리의 무단 횡단

장영춘 시집

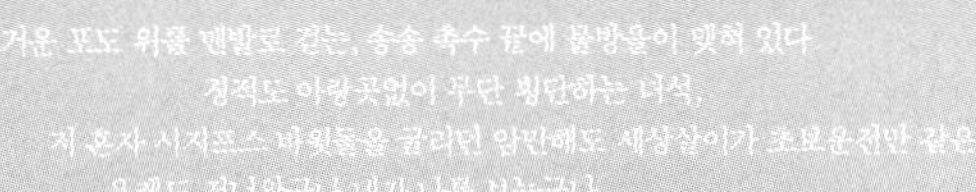

그 후, 갈봄 여름 없이 나의 휴경지에 들꽃들을 심었다.
노루귀, 너도바람꽃, 미나리아재비, 양지꽃, 석부작의 이끼까지 숲을 통째로 옮겨다 놓았다.
저들은 그 좁은 영토에서도 온갖 이야기들을
내게 다 전하려 한다.
그래서일까, 저들과의 만남이 사람보다 더 큰 위안을 받는다.
등단 7년째 어쩌면 내 어둠의 터널과 일치하는 시간이다.
그 터널 출구의 희디흰 시의 다발을 내려놓는다.
눈부셔서 더 슬픈 오월의 들판으로……
잘 가라, 꽃들이여!

2008년 5월
장영춘

| 차례 |

1. 그 산 여기 있습니다

2. 복수초 피었네요

3. 쇠똥구리의 무단 횡단

1. 그 산 여기 있습니다

빈집

촘촘히 잎새 사이로
길이 하나 열려 있다
지푸라기 하나 물고
세상 눈치 또 살피고
망치도 못질도 없이
그 의지의
집을 짓던,

진자리 마른자리
뇌성 치던 밤을 견디며
먹을수록 배가 고파
찡찡대는 부리 끝에
어미 새 고단한 깃이
지붕처럼
덮이고……

싸늘히 알껍질 두엇
문패 그냥 걸어두고
다 자라 보란 듯이
식솔 총총 떠난 둥지
가을볕 노랗게 내려
깃 하나를
품고 있네.

그 산 여기 있습니다

산 앞에 절을 하듯
고사리를
꺾습니다

하늘 아래 웃자란
내 마음도
꺾습니다

삼천 번
절하고 오라신
그 산 여기
있습니다.

중심잡기

붉은 점선 찍힌 인도블록을 따라
늦게 배운 자전거
페달처럼 구르는 하루
내 삶의 핸들잡기가
초보처럼
힘겹다

넘어지고 부딪히며 사는 게 삶이라고
오르막 내리막이
살얼음판이라고
손바닥 선인장만한
내 하늘이
저물고

사람과 사람 사이 안전거리가 필요하다는
시골 사는 친구의
흙내 나는 이메일처럼
길 건너 황색점멸이
깜빡깜빡
거리네.

지렁이처럼

편도 3차선
한여름의 아스팔트
팔다리 하나 없이
낮은 포복을 감행하는
통 굵은
지렁이처럼
나의 길은 더디다.

까맣게 엎딘 채로
생의 텃밭을 빠져나와
늦깎이 헛바닥을
바늘처럼 곤두세우며
오늘도
주름진 살갗
땡볕 아래
마른다.

흙 냄새 사람 냄새가
슬픔의 땅으로 이어져도
밟히고 또 밟히며
낮은 데로 임하라시던……

이제 막
주름을 펴며
길 하나를
끌고 간다.

저물녘

붉은 모래밭에
한 폭
판화로 찍힌

또박또박 화살표가
노을 쪽으로 이어지고

그 끝에 목을 움츠린
새 한 마리
앉아서……

세상 모든 빛들이
잠겼다 떴다 하는

썰물 진 물이랑에
차오르는 고요 밟으며

총총히 이승을 뜨듯
다리 붉은
새들이
간다.

아버지의 계단

1
고층으로 뚫린 길이 연세만큼 버거워
오르막 내리막에 쉬엄쉬엄 쌓아올린
아버님 팔순 계단이 여태 반들거린다

2
은은히 향기 몰고 그 마당에 우기(雨期)는 와서
뚝 끊긴 시간 밖으로 빗방울 떨어지고
저 혼자 틈니로 웃는 치자꽃이 환하다

3
백발에 드러나던 옹고집 세월의 윤기
더딘 보법으로 천수를 누리신
또렷이 징검다리가 하늘까지 닿았네.

내 안의 달

초추의 하얀 밤
억새밭에 둥지를 틀고

수마에 할퀸 들녘
밤새 등 토닥이던

밤이슬 머금은 달빛
산비탈을
달린다.

늘 그랬다, 내 안의 달은
잣대로도 잴 수 없어

발 칭칭 감겨오는
역류의 물살을 따라

기우뚱 흔들린 산이
고요 속에
묻힌다.

수선화

기억 저편에는
늘
비릿한 냄새가 난다
지그시 속눈썹 내리며
엷은 향기로
오는
그대
보았네, 나는 보았네
그 수척한
목덜미를……

눈 녹은 음지 쪽에
숭숭 뚫린
바람의 흔적
피정(避靜)을 끝내고 와
두 손 모으는
수녀님처럼
살며시 신께로 향한
그대 몸짓을
나는
보았네.

황사평의 겨울

하얗게 마른 풀 헤쳐
맨발로 뛰쳐나온

꽃대궁 끄트머리
눈 총총 별이 하나

황사평 솔가지 사이로
젖은 눈이 보인다.

겨우내 춥고 배고픈
별무리가 모이는 곳

눈 덮인 묘역으로
노루 등을 타고 와서

어느 뉘 발 없는 넋이
목의자에 앉았는가.

가시 돋친 겨울나무에
면류관 눈꽃이 피어

가만히 무덤을 쓸다
등 돌려 눕는 바람

한천의 이불 밖으로
노란별이 지고 있다.

* 황사평 : 제주시 근교에 있는 천주교도들의 묘역.

황사평 가는 길

종달새 울음 같은
언약 하나
무너진
길

황사평 가는 길
꽃 뿌리며
떠나던
길

낮달도
미사포 쓰고
너의 뒤를
따르던
길.

보시(普施)

이 세상 누군가에게
밥이 될 수 있다는
것

푸른 먹이사슬
그 안팎을 넘나들던……

친환경 아침 식탁에
애벌레 한 마리
올라와
있다.

환청의 가을

산도 가을이면
편도선염을 앓는가 봐
미루나무 잎새 타는
도깨비도로변에
가을이
거꾸로 흐르는
붉은 점의 길을 내고,

가끔은 사는 일이
착시현상 같은 거
그리움의 중량처럼
청동의 다리를 놓아
아득히
길을 떠나는
하얀 손이 보인다.

시월 억새밭엔
바람의 근원이 있다
허스키 목청 끝에
환청처럼 들리던
불그레
노루 울음이
당단풍을 떨군다.

탑동에서

한 사흘쯤 내 안의 물난리가 잠시 멎고
뒤풀이 썰렁한 겨울 복판에 눈발 날리면
홀연히 수문 박차고 달려 나온 겨울바다.

해풍에 소금기 어린 물미역을 건지다가
저 홀로 가슴 뚫린 현무암 등을 쓸다
배낚시 멀미난 바다가 들소처럼 웁니다.

끓다 만 분말세제 바다 가득 풀어놓고
밀려드는 분노 자락을 이리저리 헹구던
등 돌려 종지부 찍는 섬이 하나 보입니다.

맨몸, 맨손바닥으로 세상사는 법을 배워
습관 같은 아우성으로 억새꽃 피우다 말고
저물녘 집어등 켜고 내 곁에 와 앉는 바다.

안개 주행

무작정 비상등 켜고
천백도로 달린다

꿈의 경계선이
여지없이
무너진

차창 밖 그렁그렁한
점선들이
맺힌다.

떠날 때 이 길 같다면
오리무중이라도 좋아
통화권 이탈지역
전원조차 꺼버리고
하루쯤 안개 숲에 묻혀
바위처럼
쉬고
싶다.

끝처럼 끝 아닌 길
또 하나의 길을 간다.

어리목 갈림길
급경사가 끝날쯤에

저장된 기억의 저편
내 파일을
지운다.

나의 입동(立冬)

태풍의 손톱자국이
섬 자락에 선명하다

늦가을 징검다리에
젖은 남루가 펄럭이는

귀갓길 총총걸음이
입동 문전에 잠시 멎고,

벚꽃도 제철 모르고
푼수처럼 피던 가을

요 며칠 억새밭에
허스키로 우는 바다

붉은 옷 나의 立冬이
별도봉에 서 있다.

식구

1
고층 아파트에 식구 하나 더 산다
한 쌍 더듬이에 연한 살의 배를 깔고
무소유 법정스님의 그 법대로 살아가는.

2
갓 눈뜬 풍란이 오늘도 당했구나
야음의 베란다 출입금지 구역을 넘어
석부작 수반에 숨어 저만 딴청 부리는.

3
슬픈 먹이사슬 그 아득한 늪을 지나
오늘도 헛손질로 눅눅해진 시첩 위에
잠 설친 민달팽이가 실크로드 펼치는.

2. 복수초 피었네요

피뿌리풀에 대하여

연초록 북동풍에
가르마 탄 문석이오름
키 낮은 풀꽃들이
이름표를 달겠다며
피뿌리, 피뿌리 하며
연신 말을
더듬는,

그래서 올망졸망
이 오름에 다시 모여
아직도 여기저기
가릉가릉 가래 끓고
붉도록 홍역을 견뎌온
민초들의
뺨은 붉다.

살아서 눈 못 뜨고
죽어서 눈 못 감는,
그렇게, 늘 그렇게
오월은 또 가고
이제 막 스크럼 풀고
내 옆에 와
앉는
꽃.

무명천 푸는 사월

교래리 가는 길에
허옇게 뼈대만 남은

산 번지 머물고 있는
시간들을 깨우는 바람

아득히 골짜기 너머
메아리로
번지고,

허공에 머리 풀고
흔들릴 수만은 없어

하얗게 밤을 지샌
억새들을 보아라!

꼿꼿이 바람에 맞서
등 곧추
세우는,

저마다 키 낮추며
털갈이도 바쁜
육십 년 등성이에도

새순들이 돋는 사월
턱에서 무명천을 푸는
오름들이
보인다.

오소서, 휘모리 바람으로

사월이면 백발성성
할미꽃이
오더이다
섯알오름 탄약고에
예비검속 탄흔을 쓸며
오소서 구천을 맴돌던
휘모리 바람으로,

이때쯤 여지없이
황사바람 다시 불어
부황 뜬
그 자리에
향 다시 사르고
슬픔의 한복판 길에
지팡이 짚고 오시는……

비 오고 바람 부는
서천의 만뱅듸 꽃밭
좌익도
우익도 아니다
침묵으로 답할 뿐
오십 년 검버섯 세월
할미꽃이 피었다.

* 만뱅듸 : 제주 4·3 이후 예비검속자 섯알오름 탄약고에서 무단 학살된 자
들의 공동장지(葬地).

유월

다투어 탯줄에 매단
초록 이마 빛난다
기억 마디마디
꽃의 수다가 잠시 멎고
뻐꾸기
붉은 울음이
화판 위에 찍힌다.

팔뚝에 종두자국
탄흔처럼 남은 자국
피는 꽃 지는 꽃에서
화약 냄새 도로 나는
유월이
찔레를 떨구며
산을 내려오고 있다.

사람이 그리우면
딸꾹질이 잦아진다는……
파르르 감자밭머리
붓끝처럼 떨리는 햇살
벙어리
감자꽃송이
뻐꾹뻐꾹 울고 있다.

복수초 피었네요 · 1

1
밤마다 머리맡에
촛농처럼 쌓이는 달빛

조심조심 민둥오름
새살 돋던 경칩녘에

시샘의 늦은 폭설로
풀꽃들은 또 묻혀,

2
허리 짧은 초목들이
바람 끝에 고갤 드네요

머리채 다 뜯긴
다랑쉬오름 근처

무자년 증언대 서듯
복수초가 피었네요.

복수초 피었네요 · 2

무자 년에 미아가 됐던
그 아이가 왔습니다
뼈 시린 꽃샘추위
하늬바람에 혼자 누워
겨우내 울타리 밖에서
핏덩이로
울던 아이

탯줄조차 마르지 않은
벌건 들판 위에
제 한 몸 고스란히 태워
꽃 한 송이 내밀던
유난히 눈이 큰 아이
돌담 옆에
섰습니다

마지막 길목에서
만날 사람은 만나듯
간절히 동토에서나마
개화의 뜻 지녔듯이
육십년 희끗희끗한
세월들을
뽑습니다.

오월 산행

밤새 숲의 요정
탁상공론 분분했을

서둘러 신록들도
구조조정 끝냈나 봐

아스라 연둣빛 오름
발아래로 펼친다.

구릿빛 얼굴들이
계곡 물에 스며들면

그리움 흘러 흘러
저리 갈 수 있을까

스르륵 천상의 다리
하늘가로
이어져.

소나무 솔잎 사이
비발디의 음계를 딛고
철쭉 작은 입술이
저만치 붉은 걸 보면

영실 암 오백나한에
백년 묵은
싹이 틀라.

벌교를 지나며

부용다리 골절마다
붉은 쇳물
아직 흐르고

우 우 갈대숲에
일어서는
이념의 잔해

누군가 논두렁 위에서
팔뚝 걷어
올린다.

겨울 삽화

으스스 눈발을 불러
겨울 숲에 드는 바람
나무는 나무끼리
살비듬의 안부를 묻고
한 그루 굴참나무의
허연 관절이
삐걱인다.

천백도로 정상쯤에
공든 탑도 다 버리고
고라니 발자국이
눈길 속에 묻히고
그쯤에 삭발에 드는
먼데 산이
보인다.

눈 위에 눈이 내려
길 하나가 또 묻히고
꽃 한 송이 피우기
위해 산도 정기 모은
복수초 노란 꽃잎이
뽀글뽀글
오르고.

꽃무릇 앞에서

상사병의 증세처럼
까치발 밀어 올리고

귓불이
발갛게 젖도록
그대 발자국
소리 들려

여름내 가까스로 키운
꽃대궁이
아직도
짧다.

뿔뿔이 제길 따라

1
자꾸만 손 내밀다 저 홀로 높아진 하늘
새털구름 서너 점 수묵화 치는 사이
가뭄 뒤 쑥부쟁이가 은혜처럼 푸르고,

2
열대야 지혈로 핀 들꽃들의 하얀 반점
말굽 형 분화구에 들불처럼 번져서
북서풍 파도를 타고 억새밭을 달린다.

3
줄줄이 한 호흡으로 물매화 피워 올린
이 섬의 모든 길이 오름으로 이어지고
흑갈색 풀여치 소리 신발 끈에 풀리고.

한담동 순비기꽃

한담동 바닷가에
현무암 등을 쓸며
초가지붕 서까래에
노을 한 점
걸려 있다
팔순의 옹고집 같은
오막살이
한
채
있다.

텃새 떠난 빈 둥지에
깃털 하나 떨궈 놓고
물가에 애기 해녀
보랏빛
숨비소리
엎디어 바다를 일구며
사는 법을 배운다

갯바위 카랑카랑한
늙은 해녀의 기침소리
낮은 곳으로
다리 뻗는
칠순의
습관처럼

한담동 저녁바다에
핏줄처럼
자
란
다.

좌보미오름에서

삼백 예순 다섯 오름
한라산이 타이르듯

고분고분 무덤들을
오지랖에 불러 앉히고

겉늙은 동자석 이마에
검버섯을 키우는,

백년 새 한 족보가
흔적 없이 사라진 땅

생과 사 경계에다
돌 한 덩이 엊히고 가신

할머니 앉은키만한
오름 하나가 늙고 있다.

노숙자의 눈빛으로

진눈깨비 떠밀리어
그믐녘에 찾은 물가
역병처럼 번져오는
그리움의 입자를 모아
찬 하늘 찔레 꽃잎을
바람결에
날린다.

도심 속 낮달은
노숙자의 눈빛이다
핼쑥한 낯빛으로
동서남북 떠돌다가
청계천 모전교 위에
한쪽 발로
서 있는……

숨죽여 땅 밑을 흐르는
탁류의 시간만큼
오늘도 뜻 모으는
등이 하얀 물줄기 따라
낮달도 고무신 벗고
돌계단에
내린다.

바늘엉경퀴

푸른 생명 위에
더 푸르게
찔리는 햇살

올곧게 생을 살다
저 스스로 갇혀서

초록색 바늘방석에
정물처럼
살아온,

지표에 돋아나는
풀꽃들이
다칠까 봐

여린 꽃 앞에선
뜨개질을 삼가던

내 친구
치켜든 눈살
밝은 날도
아프다.

설화(雪花)

이승에 못다 핀
무언의 꽃 한 송이
운주사 빙판길 따라
가지가지 반짝이며
겨우내 말간 눈으로
천상의 길을 가,

눈 코 귀 문드러진
돌부처 이마 위에
속세의 손때 묻은
염원들이 새겨져
큰스님 죽비소리가
찰싹 산을 때린다.

가만가만 처마 밑에
낙숫물 지는 소리
연화 탑 이끼 낀 시간
허방 딛고 일어서서
절 너머
총총걸음이
길 하나를
내
는
가.

3. 쇠똥구리의 무단 횡단

팔월이면 섬 안에

팔월이면
섬 안에 또 하나의 섬이 뜬다
굴동포구 마주하고 눈빛으로 안부를 묻던
토끼 섬 문주란 꽃이
가쁜 숨을 내쉰다

밤이면
선잠결에 들려오는 베틀소리
집어등 불빛마다 밤새 물레 돌리면
수장된 누에고치 속
명주실이 뽑힌다

열대야 모래사장에
발아 못한 씨앗 하나
종일 섬을 베고 섬처럼 누웠다가
어눌한 수평선 위에
무언극을 펼친다.

예송리 은빛 삿대

초여름 어부사시사 달빛 타고 흐른다

다시마 양식장 그물 사이를 빠져나와

예송리 자갈밭에 와 무명천을 까는 바다.

세월에 저당 잡힌 거북바위도 빛을 품어

청청해역 먹감으며 자갈자갈 소란을 떨던

윤선도 선녀들 같은 자갈들을 데리고 논다.

길도 바다도 나도 흐를 만치 흘러와서

여독에 쓰러진 밤 산이 한 발 물러서면

전마선 은빛 삿대를 자갈밭에 내리는 달.

쇠똥구리의 무단 횡단

뜨거운 포도 위를
맨발로 걷는,

송송 촉수 끝에
물방울이 맺혀 있다

경적도 아랑곳없이
무단 횡단하는 녀석,

저 혼자 시지프스
바윗돌을 굴리던

암만해도 세상살이가
초보운전만 같은,

용케도 건너왔구나
네가 나를
보는구나.

이중섭 전시관에서

까맣게 고무신 한 켤레 수평선 위에 놓이고
도란도란 담장 너머 잠 설치는 파도 소리
섶섬 앞 바다 이랑에 청 보리 싹 돋아나는,

중섭이 살았다는 남녘 마을 솔 동산 근처
한겨울 피난살이 반소매로 떨던 시절
누군가 게 한 마리 들고 골목길로 들어선다.

쨍그렁 고드름이 입춘 햇살에 부서져
좁다란 화폭 속으로 아이들이 몰려오면
바다도 은박지 펴고 섬 하나를 엎힌다.

해무(海霧)

립스틱 진한 선이 흔적 없이 무너진 길
올올이 실을 뽑아 울 카펫 깔아 놓고
조가비 하얀 집들이 바다 향해 엎드려,

부―부― 사라봉 등대 낮은 음 무적이 울고
밤이면 휴대폰의 빨간 불로 답하는 섬
하나 둘 부표로 뜨는 별빛들이 흐리다.

무겁게 나래 접고 점선조차 무너져버린
돌아보면 나의 삶도 안개바다 같은 것
한 마리 야행성 어족이 잿빛 획을 긋는다.

소나기

1
밤새 창가에 앉아
소주잔만 기울이던

웃통 벗은 사내들
열대야를 견디다 못해

한바탕 선착순으로
아스팔트를 달려간다.

2
섭씨 35도
꽃밭조차
끓던 하오

구름 속 먹을 갈던
조선의 여인들이

번갯불 스치는 대궁에
푸른 눈을
흘긴다.

불꽃놀이

미연소 불빛들이
수평선에 모여 있다

여름 관악제
총총한 눈빛 사이

가끔씩 바다로 지는
절망들이 보인다.

도심 한복판에도
어둠의 싹은 자라

허옇게 소금꽃 핀
아리아가 슬픈 밤

누군가 밤바다를 향해
국화송이 던지고 있다.

해돋이

올빼미도 울음을 멈춘
대청봉 숲속에
별들도 하나 둘씩
나뭇잎 사이로 숨고
실루엣
여명의 줄기가
등성이를 넘어온다.

온전한 믿음 하나로
일상의 솟대를 쌓듯
나 여기 아침노을에
이끼 벗은 바위에 서서
불그레
몸을 덥히는
또 하나의 산을 본다.

마침내 오케스트라
붉은 천의 막이 오르고
이 땅에 좋은 일만,
하늘 같은 밝은 빛만……
눈가에
이슬방울이
한 점 빛을 품는다.

음계

도레미, 도레미 솔
덧니 살짝
드러내어

천방지축
들국들이
오선지를
뛰어넘어

하나 둘,
높은음자리
맨발
맨발
딛
는
다.

추위도 세상이 좋아

개나리 가지 사이
복면 쓰고 다가와
나른한 내 뜨락에
빗장 풀고 앉았다가

고양이 무등을 타고
가지 끝에
오르는,

아편 가루 신도시로
밀려오는 꽃들의 반란
일탈된 차선 밖으로
가속 페달 밟으며

구급차 빨간 경적이
황사 속을
가른다.

봄날, 하루 종일
놀부 심보 바람이 불어
삐죽이 잠옷 입고
자라목 내미는 목련

추워도 세상이 좋아
가지마다
꽃이다.

봄으로 가는 길

물찻오름 가는 길에 서성이는 봄 그림자
우수 경칩 바위틈에 뿌리 끝이 가려운지
발그레 관목줄기가 서로 등을 비빈다.

하얗게 밤을 새고 둥지 뜨는 바람의 길
온 섬의 봄이 오면 알러지가 도지고
복수초 푸른 멍자국 볼기들이 아프다.

비탈진 산허리에 혼자 세월 견디어 낸
등 굽은 소나무 다 드러낸 뿌리 사이로
일년생 아기 솔들이 주둥이를 내민다.

환절기 바다를 두고

순간 풍속 50미터의
제20호 태풍도 가고

펜잘 중독증의
해수욕장을 지나

표백제 풀어놓은 길이
억새밭으로 이어지고,

암초에 껍질인 채로
좌초를 거듭하던

뉘엿뉘엿 저물녘에야
주름살을 보이는 바다

우리도 벗었던 신발의
모래알을 털었다.

어리연꽃

반나절
생이라지만
그렇게
가는 거다

슬픈 눈빛으로
하늘만
쳐다보다

잠길 듯
목울대 위에
무지개를
띄운다.

별은 땅에 내리고

빌로드빛 하늘에
또렷또렷 찍혀 있는
추운 벌레소리
그 푸른 별밭을 지나
스스로 몸을 낮추는
나무들이 보인다.

성큼성큼 바위조차
사람으로 보이는 길로
와선대, 비선대,
천불동을 넘어온 바람
이제 막 성지순례의
땀에 젖은 행장을 푼다.

우수수 감전된 별
별똥별이 지고 있다
그 긴 꼬리 끝에
흘림체로 흘린 이름
중청봉 올빼미 한 마리
혼자 밤을 지킨다.

겨울 산의 아침

1
사흘째 대설주의보
모든 길이 다 끊기고

푹푹 빠져드는
적설량의 깊이만큼

모처럼 안식에 드는
이 겨울의 산을 본다.

2
눈 오면 마을에 드는
초식성의 짐승처럼

가만히 볼 붉히며
잡목 숲에 내리는 햇살

청미래 빨간 열매가
노루 볼에 빛난다.

3
오랜 묵도 끝에
새 한 마리 불러 앉히고

한겨울 무게를 내리는
침엽수의 아침

사람의 안부를 묻는
먼데 산이 부시다.

쾅하니 시월 하늘에

1
가을 길목에선 떠날 것이 다 보인다
처진 잎새 위에 염색물도 빠져나간
쾅 하니 시월 하늘이 풍치처럼 아프다.

2
어쩜 들릴락 말락 딱 그만한 거리에는
거기에도 더듬이 짧은 풀여치가 살고 있을까
들어도 성이 안 차는 메시지만 보내며.

3
저만한 깊이라면 떠난 자도 용서할거야
섭섭하면 섭섭한 대로 고운 눈썹 내리던
파랗게 반쪽 낮달이 차반 위에 놓인다.

4. 미감아로 오는 봄

팔월의 끝

마침내 지상을 뚫고
반기의 꽃대를 세운

그 붉은 향기마저
탈색한 기다림으로

만삭된 육손의 꽃잎
상사화의
팔
월
이
탄
다.

등잔(燈盞)

생과 사 의문을 품고
굴러오던 바퀴라
하자

둥근 몸집에다
입 하나를 하늘로 열고

흑갈색 사유의 꽃이
심지 끝을
세운다.

손과 발 없이도
몸으로 몸을 굴려

맨바닥 맨몸으로
그 몸만 한 탑을 쌓으며

등 낮춘 먼지버섯이
제 둘레를
밝힌다.

적요의 시

낮잠 깬 머리맡에
낭자한 꽃의 흔적
뜨겁게 달궈낸
담벼락 아래로 와서
마시던 포도주 잔에
독백으로
뜨는
오후.

알맞게 살갗이 까만
동양 여인이 나를 본다
바람 멎으면 세상 꽃들이
본색으로 돌아와 피는……
검붉은
터번을 쓰고
손을 가만
내미는
장미.

피사체로 나앉아

어제 길들이
흙탕 속에 지워지고

둑 넘는 망초 허리
마음조차 떠나보낸,

낯익은 슬리퍼 한 짝
교각 밑에 걸려 있다.

한바탕 괴질 같은
장대비 다 그치고

반쯤 쓸린 이랑 머리
이모작 호미 끝에

햇감자 푸른 엉덩이
피사체로 나앉아.

오이꽃

뜻이 있는 것들은 수직성의 꿈을 꾼다
저마다 꽃눈 속에 한 치의 눈금으로
노랗게 고깔모자 쓴 소망들이 빛난다.

초록색 정수리마다 피어 있는 저 소금꽃
한발 한발 더듬이로 동아줄에 매달려
거꾸로 세상을 본다, 내 속셈을 엿본다.

베란다의 아침

천연샴푸로 머리 감은
오름들이 다가선다

열대야 뒤척이다
늦게 눈뜬 건물 사이

커튼을 걷어 올리며
박하 냄새
풍기는,

유도화 반점 같은
짧은 밤의 땀띠를 씻고

나도풍란 떡잎 위에
윤기나는 신세대 아침

연초록 가시거리에
산이마가 빛난다.

길 건너 수목들
조찬 모임이 끝나고

일상의 여백으로
산소처럼 스미는 평화

햇살이 내 찻잔 위에다
레몬즙을
떨군다.

미감아(未感兒)로 오는 봄

1
뜬눈에 또박또박
새벽 계단 오르는 소리

겨우내 입 다문 채
생살마저 얼어버린

간간이 군자란 화분에
신음소리, 신음소리.

2
겨울과 봄 사이에
실낱같은 다리가 놓여

문둥이 그대 육신에
초록색 다리가 놓여

군자란 짓무른 살 젖히며
未感兒로
오는 봄.

봄 이야기 · 1

이별에 익숙한 꽃이
슬픈 표정을
짓지 않듯

아장아장 대궁을 밀며
허공에다
둥지를
튼

민들레 동그란 씨방
늦추위에
더 밝다.

봄 이야기 · 2

봄풀 언덕길을
맨발 살짝
걸어와서

한 겹 두 겹 땅껍질에
속살
다
드러낸 봄

솜양지
솜털에 맺힌
물방울이
저만
붉다.

봄 이야기 · 3

수목원
솔가지에서
파도 소리
들린다

그리움의
숲을 지나온
꽁지 세운
새 한 마리

솔잎에
윤기를 앉히며
봄을
지저귀고 있다.

봄 이야기 · 4

알러지성 바람이
섬 앞에서
재치기한다

맨발로
외돌개
암벽 위를
오르던 바다

노랗게
은비녀 끼고
유채밭으로
치닫는다.

봄 이야기 · 5

밥 한 술
뜨는 사이
꽃잎
하나 열리고

밥 두 술
뜨는 사이
또 한 잎이 열리고

목련도
햇살이 반가워
양쪽 눈의
안대를
푼
다.

바다도 가을이 아픈가

별도봉 풀더미에
불씨 쫑긋 당겨 놓고

억새 핀 산등성이
지느러미 내리는 가을

바다도 가을이 아픈가
단풍처럼 물이 든다.

밤 갈치 어장에는
십팔금 불빛이 돋아

약속의 수평선 밖
먼데 섬이 스러질 때

묵묵히 자살터에 와
곤두박질치는 바다.

또또르르 또또르르,
별나라 운(韻)을 달고

하늘에서 내려오는
방울달린 풀벌레 소리

하나 둘 솔가지 사이로
푸른 등을 켜단다.

봄, 봄

한 발짝 한 발짝씩
숨죽여 다가오던

추운 동네 어귀
삽작길을 돌아설 무렵

까르르 개나리 배꼽
아이 손에 잡히고 마는,

꼭꼭 숨어라 꼭꼭 숨어라,
새치들이 보인다

세월의 담벼락에
숨어 살던
유년의 햇살

그 햇살 쪼던 동박새
짧은 깃이
빛난다.

용오름

오르리라, 오르리라
몸으로
회
오
리
치며

승천의 하늘 사다리
그 욕구를 곧추세워

툭 하니 밧줄을 끊고
이무기가
오른다.

고장난 냉장고가

밤새 주방에서
생미역 빠는 소리
냉동실 회로가
전신장애를 일으켰는지
비죽이 문틈 사이로
눈부셔라
저
얼음꽃.

벽 쪽에 수런수런
혼잣말로 밤을 새운
냉장고 서랍 한켠을
비틀비틀 걸어 나온
해체된 나사못 하나
발바닥을
찌른다.

시월이 배낭을 메고

등 굽은 시월이 거기
들국 옆에 앉아 있다

메고 온 생의 배낭에
산머루 몇 송이 따고

가을 볕 하산의 길목에
신발 끈을 풀고 있다.

슬픔에서 건져 올린 성찰의 미학

김 동 윤
(제주대 교수 · 문학평론가)

1. 세월의 더께를 품은 연륜

1952년생인 장영춘이 문단에 이름을 올린 것은 2001년이었다. 그때 그가 지천명이었으니, 흔히 말하는 늦깎이였던 셈이다. 이제 이순을 바라보는 녹록지 않은 나이에 접어든 그가 등단 7년 만에 첫 시조집을 내놓는다.

늦깎이로 등단한 주부의 시조집이라! 그렇다면 그것은 아마도 뒤늦게 글쓰기에 뛰어든 주부들에게서 종종 나타나는 여기(餘技)의 산물 정도가 아닐까? 일기장에나 끼적거릴 만한 혼자만의 넋두리라든지 의미 없는 미사여구의 나열 따위는 아닐까? 많은 이들이 이런 생각을 가질 법도 하다.

하지만 그것은 잘못된 생각이다. 그러한 선입견은 그의 시편들을 만나는 순간에 금세 무너지고 만다. 온갖 바쁘고 힘겨운

일들을 넘기고, 말하자면 이 땅의 현모양처로서의 역할을 웬만큼 수행한 후에, 삶의 여유가 생기면서 "이제 글이나 써 볼까?" 하고 나선 여성 시인이 문단에 적지 않은 게 현실이지만, 그런 부류와 장영춘은 다르다는 것이다.

장영춘은 시조 쓰기를 통해 자신을 둘러싼 모든 것을 치열하게 점검하는 가운데 그것으로써 생의 활력을 생산해 내고 있다. 시조를 창작하면서 자신의 삶과 인간사에 대한 근원적인 의미를 진지하게 모색하고 있으며, 그의 작품을 접하는 독자들을 그러한 시인의 성찰에 시나브로 젖어들도록 인도한다. 그는 초로의 주부이기에, 오히려 모성(母性)의 확장을 통해 대자연과 세상사를 정갈하게 보듬어 낼 수 있었다. 세월의 더께를 오롯이 품은 연륜에서 장영춘 시조의 특장(特長)이 추출되는 것이다.

2. 모성의 처절한 몸부림

장영춘 시조의 원천은 슬픔이라고 할 수 있다. 그의 시조들을 찬찬히 읽노라면, 맞닥뜨린 슬픔을 견디며 그것을 육화해 나가는 치열한 과정에서 발화된 결과물이 그의 작품임이 감지된다.

시인은 사랑하는 이가 어느 날 훌쩍 떠나버린 텅 빈 들판에 홀로 서게 되었다. 사랑하는 사람이 그의 들판에 더 이상 존재하지 않게 되었다는 사실은 너무나도 가혹한 현실이었다.

종달새 울음 같은
언약 하나
무너진

　　길

　　황사평 가는 길
　　꽃 뿌리며
　　떠나던
　　길

　　낮달도
　　미사포 쓰고
　　너의 뒤를
　　따르던
　　길.
　　―〈황사평 가는 길〉 전문

　그 존재 자체만으로도 희망이요 기쁨이던 사랑하는 사람은 돌연 현실에서의 인연의 끈을 놓아버렸다. 화창한 봄 하늘을 자유로이 날아오르는 종달새의 조잘거림 같았던 언약은, 하늘로 치솟다가 어느새 자취를 감추고 마는 종달새처럼 그렇게 사라져 버렸다. 저승으로 떠나는 이에게 시인이 할 수 있는 일이란, 꽃을 뿌려 가시는 임의 발걸음을 영화롭게 하는 일, 미사포를 쓰고 운구를 따라가는 일밖에 무에 있었겠는가. 꽃을 뿌리는 시인의 손마디는 얼마나 처절했겠으며, 미사포 속에서 시인은 얼마나 비통한 눈물을 흘렸겠는가.

　사랑하는 사람은 기어코 천주교도들의 묘역인 황사평에 묻히고야 말았다. 사랑하는 이를 묻고 나서 시인은 밤낮으로 그곳을 찾아갔을 것이다. 그러나 그때마다 그곳은 언제나 겨울일 따

름이었다.

　　겨우내 춥고 배고픈
　　별무리가 모이는 곳

　　눈 덮인 묘역으로
　　노루 등을 타고 와서

　　어느 뉘 발 없는 넋이
　　목의자에 앉았는가.
　　　―〈황사평의 겨울〉 부분

　이 시에서 시인은 그리운 사람의 무덤가에서 지는 별을 보고 있다. 춥고 배고픈 별무리 속의 총총한 별, 솔가지 사이로 보이는 젖은 눈, 목의자에 앉은 발 없는 넋도 모두 그리운 이의 현현(顯現)이다. 그리운 이는 '썰물 진 물이랑에/차오르는 고요 밟'는 '다리 붉은/새들'로 나타나기도 하고(〈저물녘〉), '지그시 속눈썹 내리며/엷은 향기로/오는' 수선화의 '그 수척한/목덜미'로 나타나기도 하며(〈수선화〉), '요 며칠 억새밭에/허스키로 우는 바다'로도 모습을 드러낸다(〈나의 입동(立冬)〉).
　그런 시인의 처지는 그를 처절한 몸부림 속으로 밀어 넣었다. 몸부림은 그를 현실의 생활공간 밖으로 자꾸만 밀어낸다. 시인은 정처 없이 방황을 거듭한다.

　　무작정 비상등 켜고
　　천백도로 달린다

꿈의 경계선이
여지없이
무너진

차창 밖 그렁그렁한
점선들이
맺힌다.

떠날 때 이 길 같다면
오리무중이라도 좋아
통화권 이탈지역
전원조차 꺼버리고
하루쯤 안개 숲에 묻혀
바위처럼
쉬고
싶다.
─〈안개 주행〉 부분

　도저히 받아들일 수 없는 현실의 고통을 안개에 파묻고 싶은
시인의 심정이 잘 드러나 있는 작품이다. 한라산에서 가장 높은
곳에 개설된 천백도로를 향해 비상등 켜고 달리는 동안에도 계
속해서 눈물이 앞을 가린다. 안개 낀 곳까지 도달하기 전부터도
시인은 이미 짙은 안개 속에 있는 셈이다. 휴대전화 통화권에서
벗어난 곳에 있으면서도 전원을 아예 꺼버린 채 바위가 되고 싶
은 심정은, 어떤 일에도 반응하지 않고 모든 것과의 관계를 단
절했으면 싶은 절대적인 절망감의 표현이다. 그래서 시인은

'저장된 기억의 저편/내 파일을 지운다'고 말한다. 하지만 그런다고 그것이 쉽사리 지워질 리야 있겠는가. 차가 높은 쪽으로 흘러가는 것처럼 착시현상을 일으키는 도깨비도로를 달릴 때에는 그리움의 대상에 대한 착시와 환청에 빠지기도 한다.

가끔은 사는 일이
착시현상 같은 거
그리움의 중량처럼
청동의 다리를 놓아
아득히
길을 떠나는
하얀 손이 보인다.

시월 억새밭엔
바람의 근원이 있다
허스키 목청 끝에
환청처럼 들리던
불그레
노루 울음이
당단풍을 떨군다.
　　　　—〈환청의 가을〉 부분

시인에게는, 도깨비도로의 차량들처럼, 세상사가 온통 거꾸로 흘러가는 것으로 인식된다. 도무지 현실에서 자신에게 벌어진 일 자체를 믿고 싶지 않은 것이다. 그러니 '불그레/노루 울음'은 하얀 손을 흔들며 아득히 길을 떠나는 그리운 이의 절절

한 이별 노래로 들린다. 시인의 '그리움의 중량'은 측정이 불가능할 수밖에 없다.

시인은 슬픔을 달래기 위해 바다와도 자주 벗한다. 바다는 변화무쌍했다. 거친 파도가 넘실대기도 했고, 눈발이 휘날리기도 했고, 안개에 휩싸여 있기도 했다. 그러면서도 언제나 거기에 있었다. '들소처럼' 통곡하기도 하고 '밀려드는 분노자락을 이리저리 헹구'기도 하면서 시인은 저물녘이면 '곁에 와 앉는 바다'를 통해 세상 사는 법을 체득해 간다(〈탑동에서〉). 그래서 그는 '무겁게 나래 접고 점선조차 무너져버린/돌아보면 나의 삶도 안개바다 같은 거'라고 믿으면서 마음의 격랑을 가라앉히게 된다(〈해무(海霧)〉).

결국 그는 대자연의 통 큰 가르침을 통해 자신을 철저하게 비워내며 성찰하는 계기를 마련한다. '산 앞에 절을 하듯/고사리를 꺾'으면서 '하늘 아래 웃자란/내 마음도/꺾습니다'(〈그 산 여기 있습니다〉) 하고 읊는 데에서 보듯, 그는 자신의 마음이 보통 이상으로 과도하게 자라서 연약해지게 되었음을 비로소 인식함으로써 더 넓은 모성으로 세상을 받아 안기에 이른다.

이쯤에서 사별한 시인의 그리운 사람에 대해, 어쩔 수 없이, 밝혀야 할 것 같다. 그를 송두리째 뒤흔들며 떠나간 이는 바로 하나뿐인 아들이었다. 꽃다운 나이의 아들을 앞세운 어머니가 그 아픔을 넘어서려면 얼마나 지난(至難)한 분투가 필요했겠는가.

3. 더 큰 모성, 생태주의적 상상력

시인은 아들과 사별한 충격에서 시도된 숱한 방황의 끝에서 새 가족을 만난다. 혈육을 넘어서는 가족이 그 앞에 있었던 것이다. 모성은 이제 세상의 모든 것들에 대한 사랑과 연민의 감정을 싹틔우게 된 셈이다.

> 고층 아파트에 식구 하나 더 산다
> 한 쌍 더듬이에 연한 살의 배를 깔고
> 무소유 법정스님의 그 법대로 살아가는.
> ―〈식구〉 부분

도시의 아파트에서는 불청객으로 인식되게 마련인 민달팽이마저 이제 시인에게는 식구가 되었다. 민달팽이가 어린 풍란을 상하게 하였더라도 노하지 않는다. 비록 '슬픈 먹이사슬'이라 할지라도 거스를 수 없는 대자연의 법칙인 까닭에, 정성껏 가꾸는 풍란이든 초대하지 않은 민달팽이든 모두 시인의 가슴에서 품어야 하는 존재들이다. 시인은 이전에는 하찮게 보이던 것들에 대해서 꼼꼼하고 자상한 눈길을 보내게 되었다.

> 뜨거운 포도 위를
> 맨발로 걷는,
>
> 송송 촉수 끝에
> 물방울이 맺혀 있다
>
> 경적도 아랑곳없이
> 무단 횡단하는 녀석,

저 혼자 시지포스
바윗돌을 굴리던

암만해도 세상살이가
초보운전만 같은,

용케도 건너왔구나
네가 나를
보는구나.
　―〈쇠똥구리의 무단 횡단〉 전문

쇠똥구리는 똥에서 모든 영양분을 섭취하기 때문에 인분이
나 쇠똥을 구형(求刑)으로 빚어 자기 집(구덩이)으로 운반하는
습성이 있다. 굴린 똥에다 알을 낳고, 알에서 태어난 애벌레도
똥을 먹기에 똥 굴리는 작업은 쇠똥구리에게는 생존을 위한 절
대적인 일이다. 그러니 한여름 뙤약볕의 포장도로를 맨발로 걷
는 것을 마다할 수 없고, 질주하는 차들을 무서워해서도 안 된
다. 물론 시인은 그러한 쇠똥구리의 생태를 관찰하는 것만으로
끝나지 않는다. 마지막 부분에서 '용케도 건너왔구나' 하고 안
도하는 장면에서는 진한 감동을 선사한다. '네가 나를/보는구
나' 라는 언급은 쇠똥구리와의 일체감을 표출한 것으로, 어떤
거룩함마저 느껴진다.

'지렁이도 밟으면 꿈틀댄다' 는 속담에서부터 보잘것없는 존
재로 취급되는 지렁이도 시인에게는 온몸으로 가르침을 주는
영물로 인식된다. '편도 3차선/한여름의 아스팔트/팔다리 하나
없이/낮은 포복을 감행하' 고, '늘상 엎딘 채로/생의 텃밭을 빠

져나와/늦깎이 혓바닥을/바늘처럼 곤두세우며/(…)/주름진 살갗/땡볕 아래 마’ 르는 지렁이에게는 ‘밟히고 또 밟히며/낮은 데로 임하라’ (〈지렁이처럼〉)는 가르침을 받는다. 헐벗고 느린 삶 속에서도 언제나 견지하는 겸양(謙讓)의 미덕을 지렁이에게 배우는 것이다.

이 세상 누군가에게
밥이 될 수 있다는
것

푸른 먹이사슬
그 안팎을 넘나들던……

친환경 아침 식탁에
애벌레 한 마리
올라와
있다.
　　　—〈보시(普施)〉 전문

아침 식탁에 올라온 채소에 애벌레가 붙어 있는 것을 발견한 시인은 그걸 떼어내기 전에 잠시 생각에 잠긴다. 채소는 애벌레에게 먹이가 되어 은혜를 베풀어 온 것이고, 애벌레도 눈에 띄지 않았더라면 사람에게 그러했을 것이라고. 모두가 제 몸을 던지는 은혜 베풂의 양상인 셈이다. 식탁 위의 채소에 붙은 애벌레로부터 제 몸을 던져 ‘세상의 밥’ 이 되는 미덕을 찾아냈으니, 뛰어난 상상력이라고 아니할 수 없다.

　이처럼 장영춘의 시조에는 뭇 생물에 대한 세심한 관찰과 그것에서 비롯되는 애정이 돋보인다. 엉겅퀴, 수선화, 복수초, 할미꽃, 피뿌리풀, 굴참나무, 철쭉, 꽃무릇, 쑥부쟁이, 억새, 물매화, 찔레꽃, 들국화, 소나무, 개나리, 목련, 군자란, 먼지버섯, 솜양지, 유채, 민들레, 장미, 망초, 햇감자, 오이꽃, 단풍 같은 식물이나 풀여치, 고라니, 노루, 지렁이, 민달팽이, 쇠똥구리, 올빼미, 동박새 등의 동물들이 모두 그 대상이다. 시인은 그런 이 땅의 생명들과 무언의 대화를 나눈다.

뜻이 있는 것들은 수직성의 꿈을 꾼다
저마다 꽃눈 속에 한 치의 눈금으로
노랗게 고깔모자 쓴 소망들이 빛난다.

초록색 정수리마다 피어 있는 저 소금꽃
한발 한발 더듬이로 동아줄에 매달려
거꾸로 세상을 본다, 내 속셈을 엿본다.
―〈오이꽃〉 전문

오이꽃은 오뉴월에 피어 열매인 오이를 키워내면서 스스로 시들어간다. 오이꽃이 꾸는 '수직성의 꿈'은 제 몸을 땅으로 내던짐으로써 싱싱한 오이를 완성시키는 것이다. 오이꽃은 그렇게 거꾸로 매달려 푸른 결실을 꿈꾸는 존재이기에 세상을 더욱 진실하게 볼 수 있다. 시인은 그런 오이꽃을 보면서 자신은 진정 부끄러움이 없었는지 점검하고 있는 것이다. 결국 장영춘의 모성이 생태주의로 이어지고 있음을 다시금 확인할 수 있다.

4. 세월과의 대화 속에서 숨고르기

장영춘의 시조 중에는 계절감이 있는 작품들이 퍽 많다. 〈봄으로 가는 길〉, 〈미감아로 오는 봄〉, 〈봄, 봄〉, 〈봄 이야기〉 연작 (1~5), 〈오월 산행〉, 〈유월〉, 〈팔월의 끝〉, 〈환청의 가을〉, 〈바다도 가을이 아픈가〉, 〈시월이 배낭을 메고〉, 〈나의 입동(立冬)〉, 〈황사평의 겨울〉, 〈겨울 삽화〉, 〈겨울 산의 아침〉 등 작품 제목에서만 보더라도 그것은 쉽게 입증된다. 이는 아마도 시인이 세월과의 대화를 지속적으로 시도하는 구도적 자세를 견지하고 있는 데서 기인하는 것이라고 할 수 있다.

물찻오름 가는 길에 서성이는 봄 그림자
우수 경칩 바위틈에 뿌리 끝이 가려운지
발그레 관목줄기가 서로 등을 비빈다.

(중략)

비탈진 산허리에 혼자 세월 견디어 낸
등 굽은 소나무 다 드러낸 뿌리 사이로
일년생 아기 솔들이 주둥이를 내민다.
　　　　　　　　　　　　　　　　　　　　—〈봄으로 가는 길〉 부분

시인은 오름을 오르면서 새봄을 몸으로 맞이하고 있다. 그런데 산행에서 만나는 봄은 화려하지도 눈부시지도 않다. 시인의 눈에 포착되는 봄 그림자는 '발그레 관목줄기', '복수초 푸른 멍자국', '등 굽은 나무', '일년생 아기 솔' 등에서 보듯이, 작은 것, 낮은 것, 소외된 것들이다. 시인은 그런 존재들과 대화를

나누면서 내면을 닦고 있다. 생태주의적 인식의 소산임은 물론
이다.

　등 굽은 시월이 거기
　들국 옆에 앉아 있다

　메고 온 생의 배낭에
　산머루 몇 송이 따고

　가을 볕 하산의 길목에
　신발 끈을 풀고 있다.
　　―〈시월이 배낭을 메고〉 전문

　인용 작품에서의 시월은 곧 시인을 연상시킨다. 시인은 자신
의 일생을 1년에 비한다면 지금쯤 시월 가까이에 이른 것쯤으
로 인식하는 것 같다. 그쯤 되면 '생의 배낭'은 새로 채워 넣기
보다는 하나하나 정리하면서 점차 비워가야 한다. '산머루 몇
송이'를 따 넣는 것은 아름다운 정리와 비움을 위한 몸짓이다.
가을이 무르익는 시월의 산행에서 하산 길에 접어든 시인은, 인
생의 하산 길에서 숨을 고르며 마음을 다지고 있다.
　시인은 산행을 자주 한다. 한라산과 그 산자락의 오름들을 사
계절 오르내린다. 산행을 통해 그는 자신을 성찰하고, 계절의
변화를 읽어 내고, 세상사의 이치를 곱씹는다.

　삼백 예순 다섯 오름
　한라산이 타이르듯

고분고분 무덤들을
오지랖에 불러 앉히고

겉늙은 동자석 이마에
검버섯을 키우는,

백년 새 한 족보가
흔적 없이 사라진 땅

생과 사 경계에다
돌 한 덩이 얹히고 가신

할머니 앉은키만한
오름 하나가 늙고 있다.
　　　―〈좌보미오름에서〉 전문

　모성과 자연의 만남이 역사로 이어지고 있다. 한라산과 오름의 안온함이 모성으로 연결되고 있고, '백년 새 한 족보가/흔적 없이 사라진 땅'에서는 역사적 인식에 도달하고 있다. 모성에서 피어난 성찰이 자연과 역사로 확장되고 있음을 한눈에 보여주는 작품인 것이다. 〈복수초 피었네요〉, 〈오소서, 휘몰이바람으로〉에서는 제주 4·3에 대한 역사적 인식을 표출하고, 〈유월〉과 〈벌교를 지나며〉에서는 한국전쟁의 상처를 더듬는다. 이러한 역사적 상상력에서도 들꽃의 이미지가 자주 활용되고 있어 장영춘의 생태주의적 인식의 폭이 결코 범상치 않음이 어렵지 않게 확인된다.
　하지만 일부 작품에서는 다소 작위적인 느낌을 풍기는 것이

흠으로 지적될 수 있다. '비 오고 바람 부는/서천의 만뱅디 꽃밭/좌익도 우익도 아니다/침묵으로 답할 뿐/오십 년 검버섯 세월/할미꽃이 피었다'(〈오소서, 휘몰이바람으로〉)에서 보듯, 관념적으로 흐르는 경우가 더러 있음을 유념해야 할 것 같다. 할미꽃이 영문 모르고 당한 양민 희생자의 분신임을 말하고는 있지만, 좌우 갈등의 틈바구니에서 억울하게 희생되었다는 진술은 구체성 없는 상투적 표현에 머문다고 할 수 있다.

덧붙여 군소리를 하자면, 생경한 비유와 억지스러운 표현이 간간이 나타나는 바, 이는 경계해야 할 줄로 안다. '천연샴푸로 머리 감은', '윤기나는 신세대 아침', '수목들/조찬 모임'(〈베란다의 아침〉), '서둘러 신록들도 구조조정 끝냈나 봐'(〈오월 산행〉), '밤이면 휴대폰의 빨간 불로 답하는 섬'(〈해무(海霧)〉), '아편 가루 신도시로/밀려오는 꽃들의 반란'(〈추워도 세상이 좋아〉), '펜잘 중독증의/해수욕장을 지나'(〈환절기 바다를 두고〉), '밤 갈치 어장에는 십팔금 불빛이 돋아'(〈바다도 가을이 아픈가〉) 등이 그것이다. 비유에서 보조관념은 원관념을 더욱 분명하게 표현하기 위한 것인데, 예시한 비유에서의 보조관념들이 의도한 만큼의 효용성이 있는 것 같지 않기에 하는 말이다.

5. 정갈함의 미학

나는 장영춘의 작품들을 통독하면서 그가 자유시가 아닌 시조를 택한 것은 필연이었다는 생각을 굳히게 되었다. 일정한 틀과 규칙 속에 자신을 내맡기면서 치열하게 갈다듬어 나가는 작업, 그에게는 그런 작업이 숙명적으로 필요했던 것 같다. 그래서인지 그의 시조는 퍽 정갈한 면모를 보여준다. 그의 정갈한 성격이 시조의 세계와 절묘하게 맞아떨어진 것인지, 아니면 그의 시조가 유독 정갈한 것인지, 어쨌거나 그와 시조의 세계는 매우 닮았다. 그의 작품들이 엇시조나 사설시조 같은 변형을 추구하지 않고 있는 점 또한 정갈한 면모를 드러내는 데 기여하고 있다.

장영춘 시인은 우리에게 이 시대 모성의 위력을 잘 보여주었다. 진정한 모성이란 혈연적 가족의 울타리 안에서만 발휘되는 것이 아니라, 어우러져 살아가는 모든 공동체에게 두루 발휘되어야 하는 것임을 여실히 입증했다는 것이다. 그리고 그것이 시조라는 고유의 장르를 통해서 정갈한 미학을 성취하였다는 점에서 특히 의미가 깊다고 할 수 있다. 그의 세계가 앞으로 더욱 웅숭깊어짐으로써 자기만의 색깔로 시조 문단에서 당당한 자리매김을 하기를 기대한다.